Autora *best-seller* do *The New York Times*

Katherine Applegate

Doggo e o Filhote

EM BUSCA DO ACONCHEGO

Ilustração de
Charlie Alder

Tradução
Carolina Itimura Camargo

MILK SHAKESPEARE

DOGGO AND PUPPER SEARCH FOR COZY
TEXT COPYRIGHT © 2023 BY KATHERINE APPLEGATE
ILLUSTRATIONS COPYRIGHT © 2023 BY CHARLOTTE ALDER
ORIGINALLY PUBLISHED BY FEIWEL AND FRIENDS AN IMPRINT OF
MACMILLAN PUBLISHING GROUP, LLC
PUBLISHED BY ARRANGEMENT WITH PIPPIN PROPERTIES, INC. THROUGH
RIGHTS PEOPLE, LONDON.

COPYRIGHT © FARO EDITORIAL, 2024

Todos os direitos reservados.

Nenhuma parte deste livro pode ser reproduzida sob quaisquer meios existentes sem autorização por escrito do editor.

MilkShakespeare é um selo da Faro Editorial.

Diretor editorial: **PEDRO ALMEIDA**

Coordenação editorial: **CARLA SACRATO**

Assistente editorial: **LETICIA CANEVER**

Tradução: **CAROLINA ITIMURA CAMARGO**

Revisão: **ANA UCHOA**

Adaptação de capa e diagramação: **REBECCA BARBOZA**

Dados Internacionais de Catalogação na Publicação (CIP)
Jéssica de Oliveira Molinari CRB-8/9852

Applegate, Katherine
   Doggo e o filhote : em busca do aconchego / Katherine Applegate ; tradução de Carolina Itimura Camargo ; ilustrações de Charlie Alder. -– São Paulo : Faro Editorial, 2024.
   96 p. : il. color.

   ISBN 978-65-5957-509-1
   Título original: Doggo and pupper search for cozy

   1. Literatura infantojuvenil norte-americana I. Título II. Camargo, Carolina Itimura III. Alder, Charlie

24-0408   CDD 028.5

Índice para catálogo sistemático:
1. Literatura infantojuvenil norte-americana

FARO EDITORIAL

1ª edição brasileira: 2024
Direitos de edição em língua portuguesa, para o Brasil, adquiridos por **FARO EDITORIAL**.

Avenida Andrômeda, 885 — Sala 310
Alphaville — Barueri — SP — Brasil
CEP: 06473-000
WWW.FAROEDITORIAL.COM.BR

SUMÁRIO

UM
MÁS NOTÍCIAS

DOIS
CAMA NOVA UMA OVA

TRÊS
UM DIA CINZENTO

QUATRO
HORA DA SONECA

CINCO
A GATA CONTINUA A SUA BUSCA

SEIS
ENGANANDO OS HUMANOS

SETE
ENCONTRANDO O ACONCHEGO

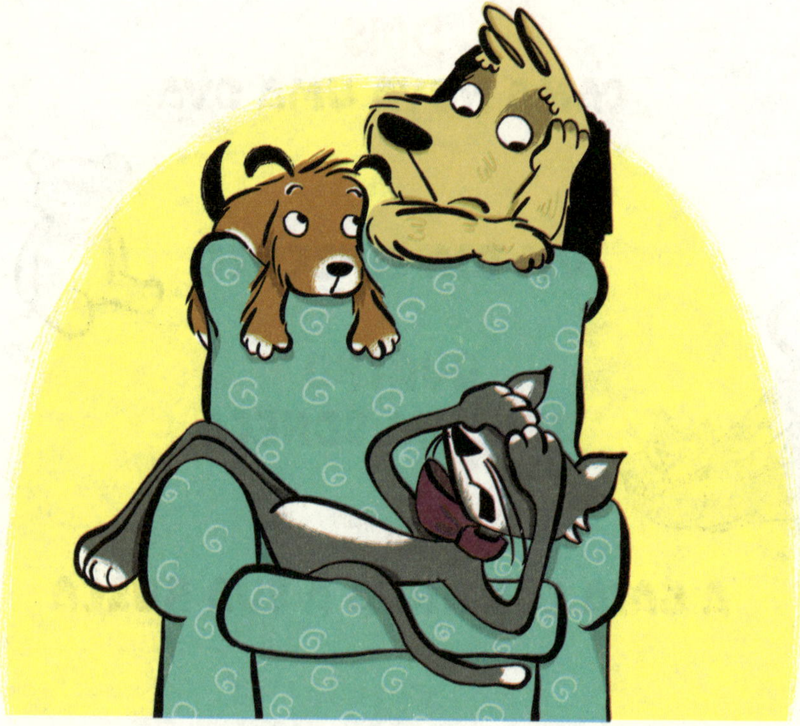

CAPÍTULO UM

MÁS NOTÍCIAS

— Más notícias — disse a Gata, — os humanos tiveram mais uma ideia.
— Oh, oh — disse Doggo.
— Essa não — disse o Filhote.

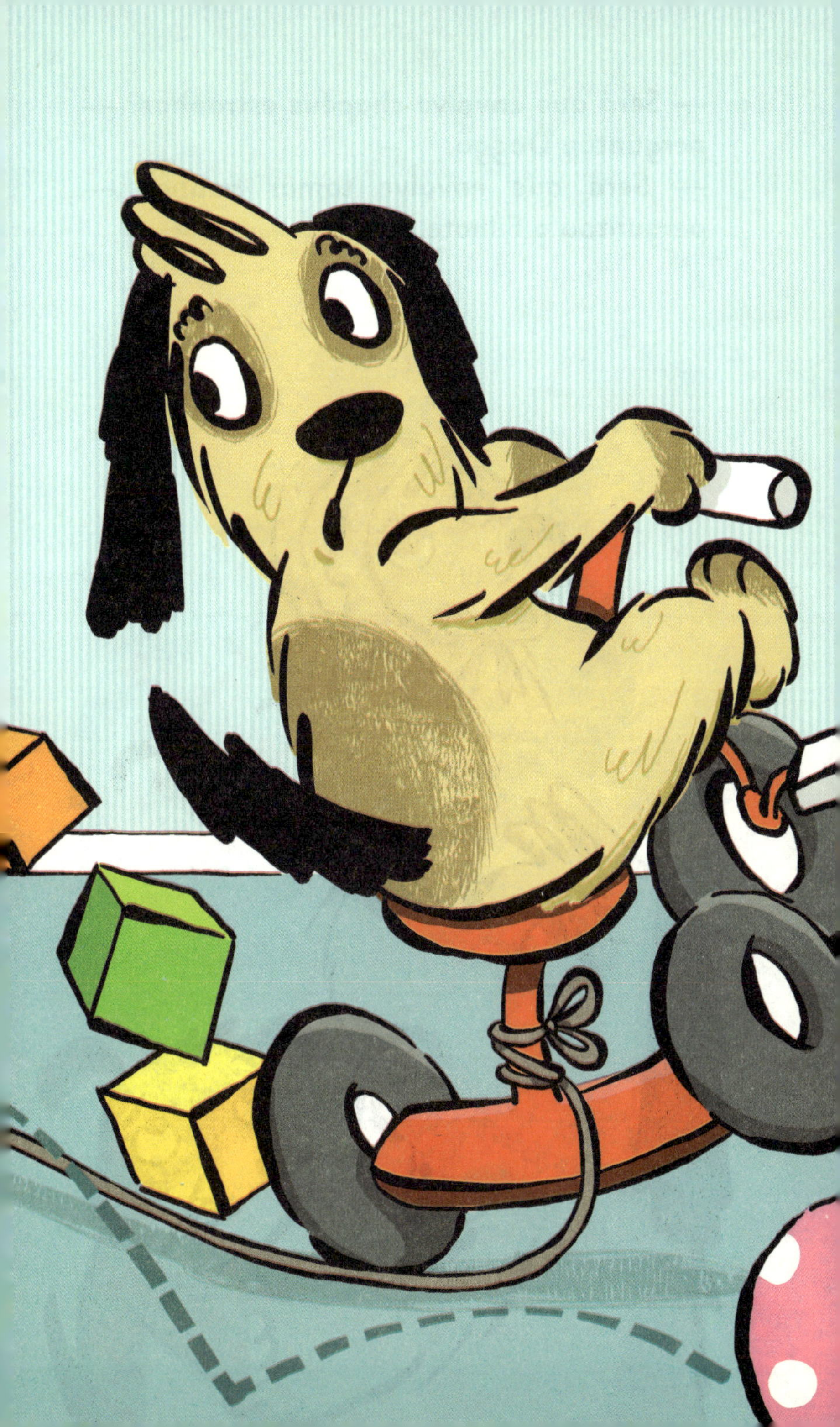

— Será que envolve chapéus estranhos? — perguntou Doggo.
— Será que envolve tomar banho? — perguntou o Filhote.

— Nada de chapéu — disse a Gata, — e nada de banho. Ela lambeu a pata. — Pior.

— Será que tem a ver com fogos de artifício? — indagou o Filhote. — Ou com o aspirador de pó?

— Vão nos dar uma injeção? — perguntou Doggo. — Ou aparar nossas unhas?

A Gata suspirou.
— A ideia não vai incomodá-lo, Filhote.
Nem a você, Doggo. Só a mim.

— Eu vou te proteger, Gata! — exclamou o Filhote. — Não tenho medo de nada. Exceto esquilos gigantes.

— Não há nada que você possa fazer — murmurou a Gata. — É tarde demais. Os humanos foram no *petshop*. Me compraram um presente.

— Mas isso é bom! — exclamou Doggo. — É um ratinho de brinquedo?
— Ou um pacote de biscoitinhos? — indagou o Filhote.

— Quem dera. Os humanos me compraram a pior coisa que existe no mundo — disse a Gata.
Ela cobriu o rosto com as patas.
— Eles me compraram uma CAMA NOVA.

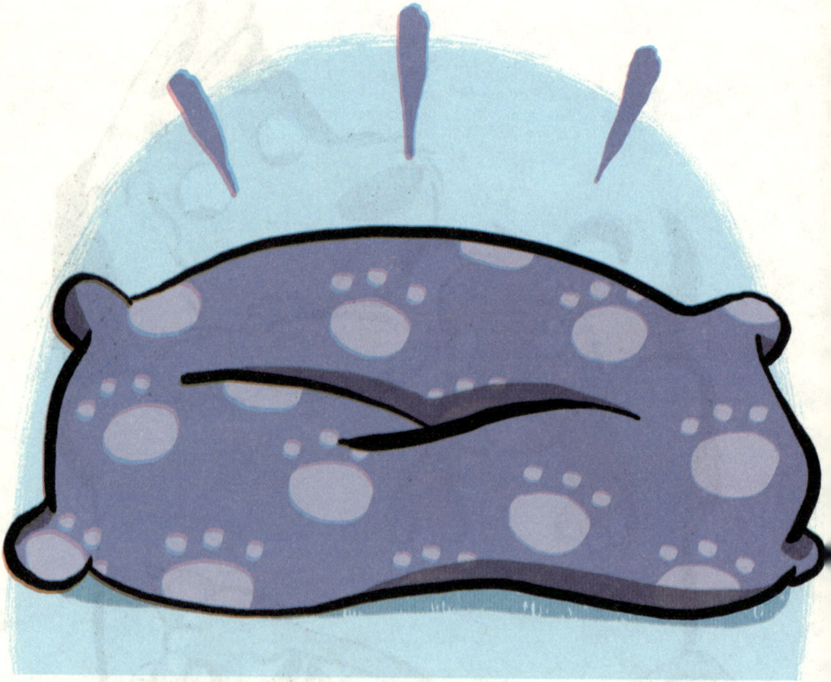

CAPÍTULO DOIS

CAMA NOVA UMA OVA

A Gata mostrou a cama nova e ruim para Doggo e o Filhote.

Estava no mesmo lugar da cama velha.

Era do mesmo tamanho da cama velha.

Era da mesma cor que a cama velha.

— Parece igualzinha — disse o Filhote.
A Gata balançou a cabeça.
— Minha cama velha tinha aconchego.

Tinha arranhões.
Tinha pelos espalhados.
Tinha o meu cheiro.

— Seu cheiro é bom mesmo, Gata — disse o Filhote.
— É claro que é — respondeu ela. — Sou uma Gata, afinal.

— Após algum tempo, a cama nova também ficará com arranhões e pelos — disse Doggo.

— E com o seu cheiro bom — disse o Filhote.

A Gata pulou
na cama.
Arranhou.
Rolou.

Se espreguiçou.

— Algo ainda está faltando — disse ela.
— Precisa
de mais
aconchego.

— **De onde vem o aconchego?** — **perguntou o Filhote.**

— Aconchego não se compra — respondeu a Gata. — Aconchego não se faz. Aconchego só *acontece*.

Ela olhou pela janela. O dia estava cinzento. Uma chuva estava chegando.

— Onde você vai dormir agora, Gata? — questionou Doggo.

— Não tenho outra escolha — disse a Gata. — Eu nunca mais vou dormir.

Capítulo Três

Um Dia Cinzento

Doggo, o Filhote e a Gata foram brincar lá fora.

Eles cumprimentaram os amiguinhos do jardim.

A minhoca cuidava da horta.

O coelho fazia um lanchinho.

O esquilo fazia estrepolias.
(Não era do tipo gigante.)

Ventava bastante. As nuvens estavam escuras e vibrantes.

— Não sei por que você está chateada, Gata — disse o Filhote.
— Eu gosto de ganhar presentes. — disse Doggo.

— Eu sei qual é o problema. — Doggo deu uma piscadela para o Filhote.
— A Gata é exigente.

— Às vezes você também é exigente, Doggo — disse o Filhote.
— Eu? — perguntou Doggo.
A Gata e o Filhote trocaram uma olhadela.

— Bem, eu não sou pior do que a Gata — contestou Doggo.
A Gata e o Filhote trocaram outra olhadela.

— **Acho que todo mundo é exigente às vezes** — disse **Doggo**.

— Eu só sou exigente com as coisas importantes — disse a Gata. Ela estava desanimada.
— Uma gata sem lugar para dormir. Que piada.

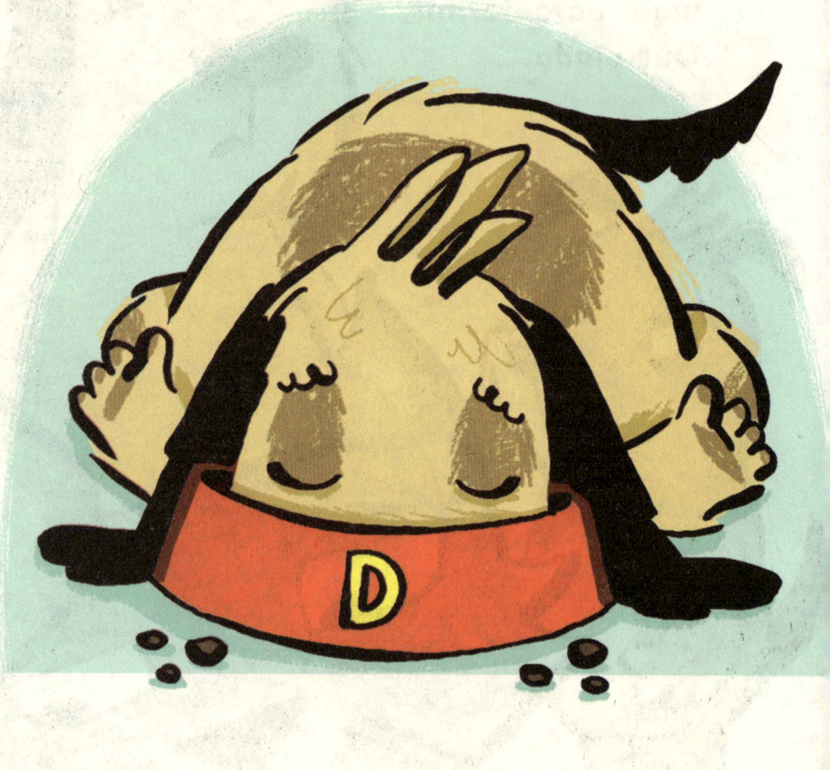
D

CAPÍTULO QUATRO

HORA DA SONECA

Era hora da soneca.

Doggo era muito fã de sonecas.

O Filhote, nem tanto.

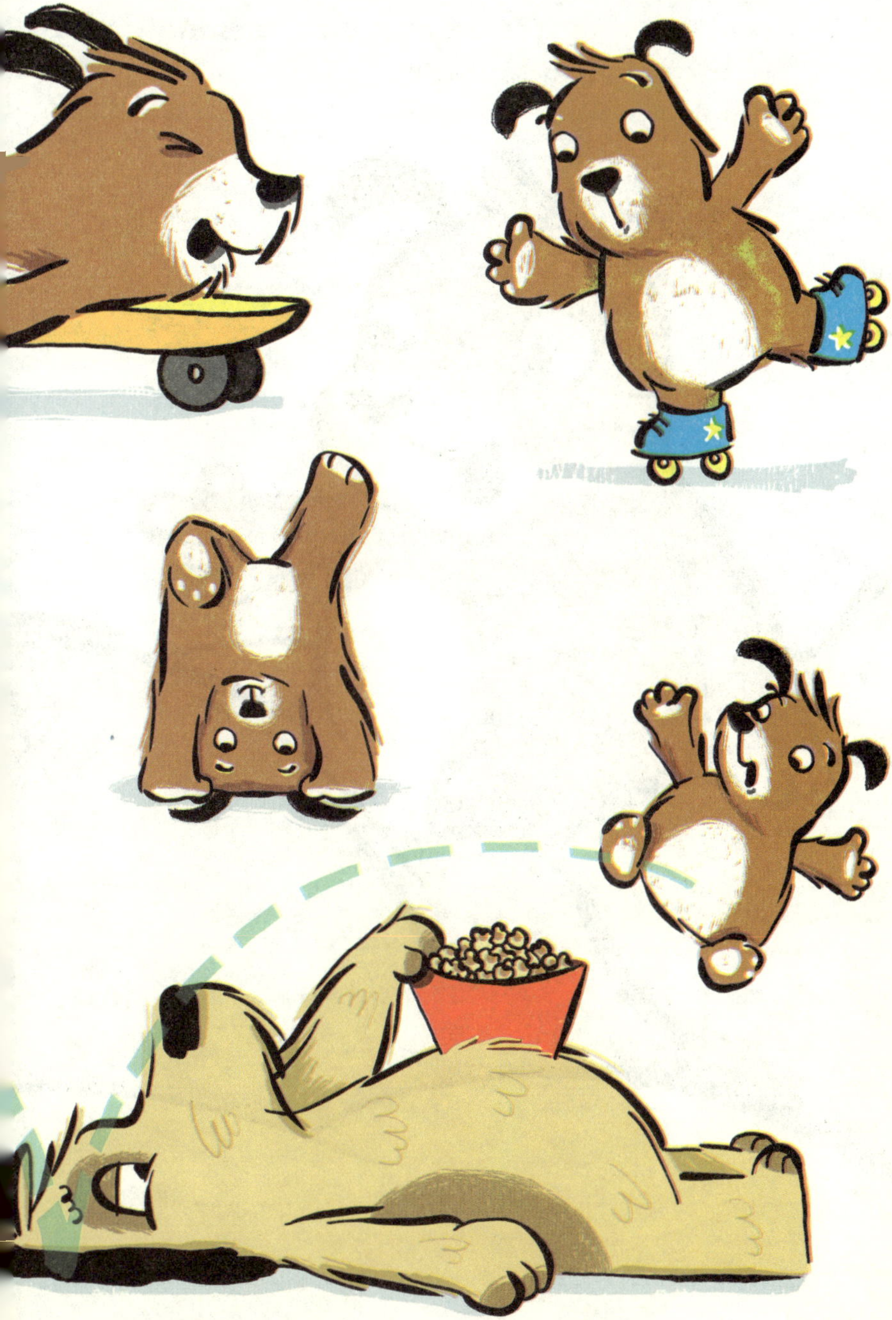

Primeiro, Doggo leu uma história. Era sobre três ursos e uma menina de cabelos dourados.

— A menina é como a Gata — disse o Filhote. — Ela também está em busca da cama certa.

Doggo fechou os olhos.

— Sonecas são um tédio — disse o Filhote.

Doggo roncou.

— Soneca é coisa de filhotinho — disse o Filhote.

Doggo roncou de novo.

— A Gata nunca mais vai dormir — disse o Filhote — Por que eu preciso dormir?
Doggo abriu um olho.
— Confie em mim — disse ele. — Ela vai dormir de novo. Dormir é o seu superpoder.

— Onde será que a cama velha está? — indagou o Filhote.

Doggo roncou um pouco mais alto.

— **Doggo** — chamou o Filhote, —
eu sei que você está acordado.
Doggo suspirou.
— **A cama dela talvez esteja no lixo.**

— Talvez possamos encontrá-la — disse o Filhote. — A Gata ficaria feliz.
— Sabe o que me deixaria feliz? — indagou Doggo.
— Uma soneca? — adivinhou o Filhote.
Doggo roncou.
E desta vez, era de verdade.

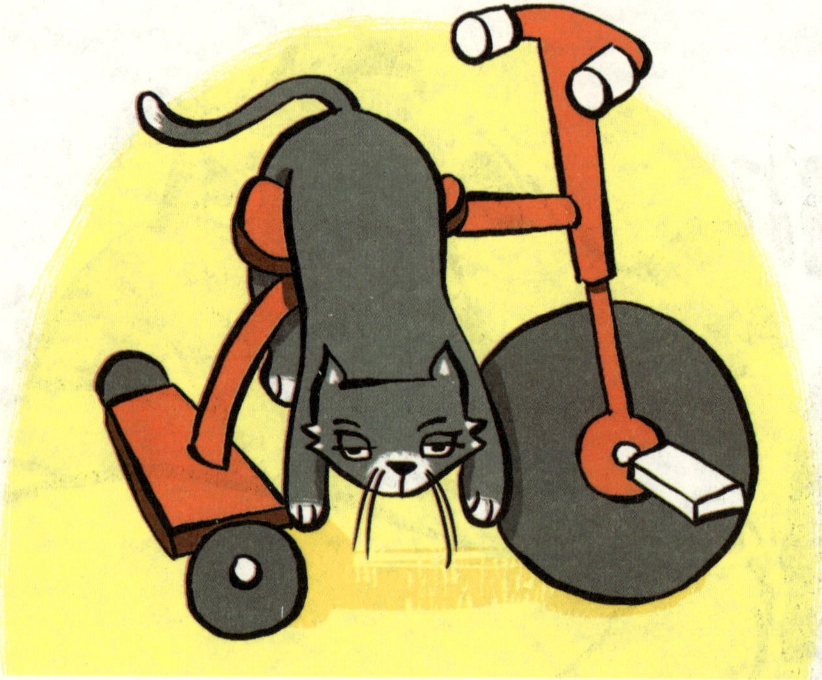

CAPÍTULO CINCO

A GATA CONTINUA A SUA BUSCA

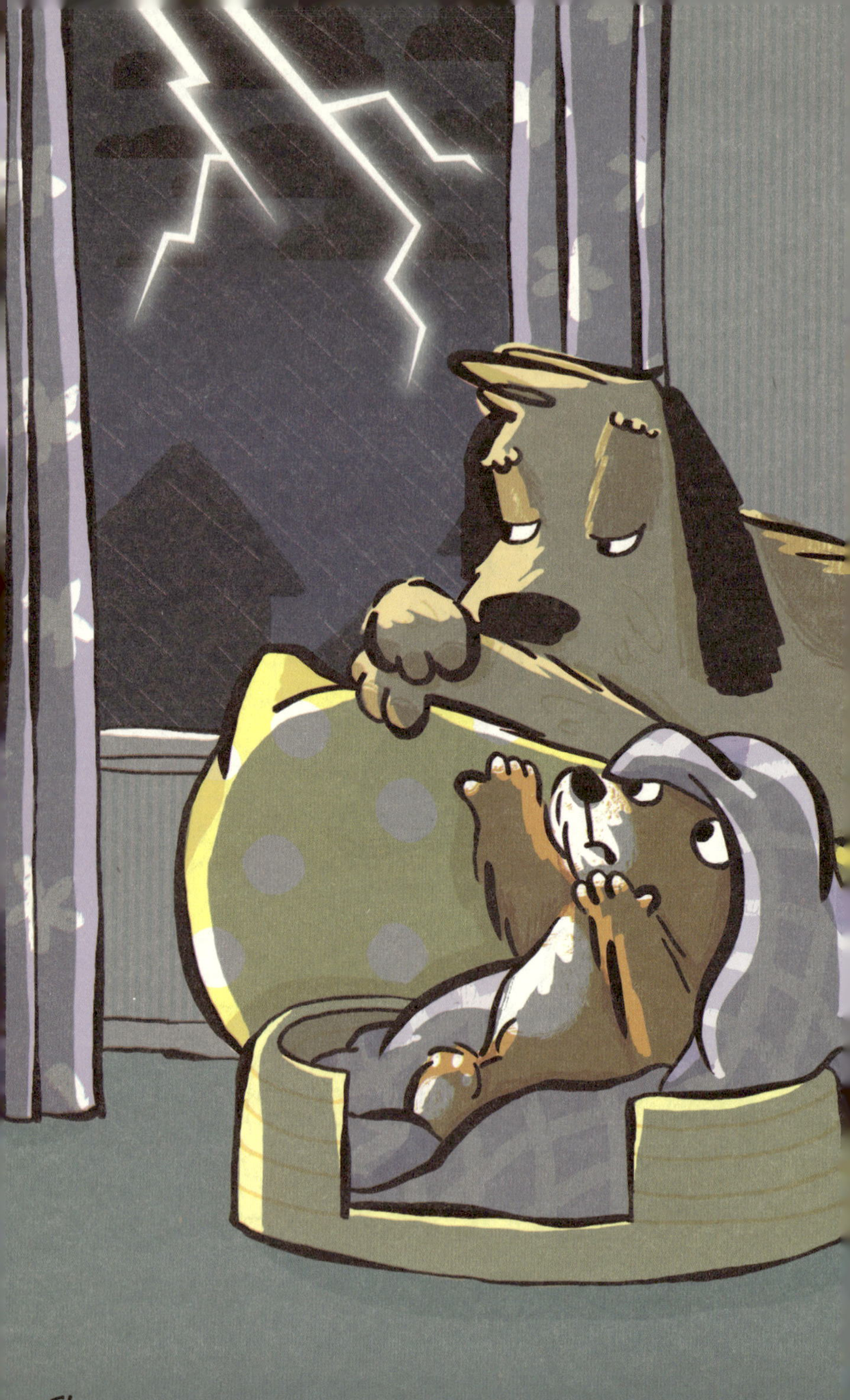

Naquela noite, mais chuva chegou.
O céu rugia.
O Filhote estava contente por ter
Doggo por perto.

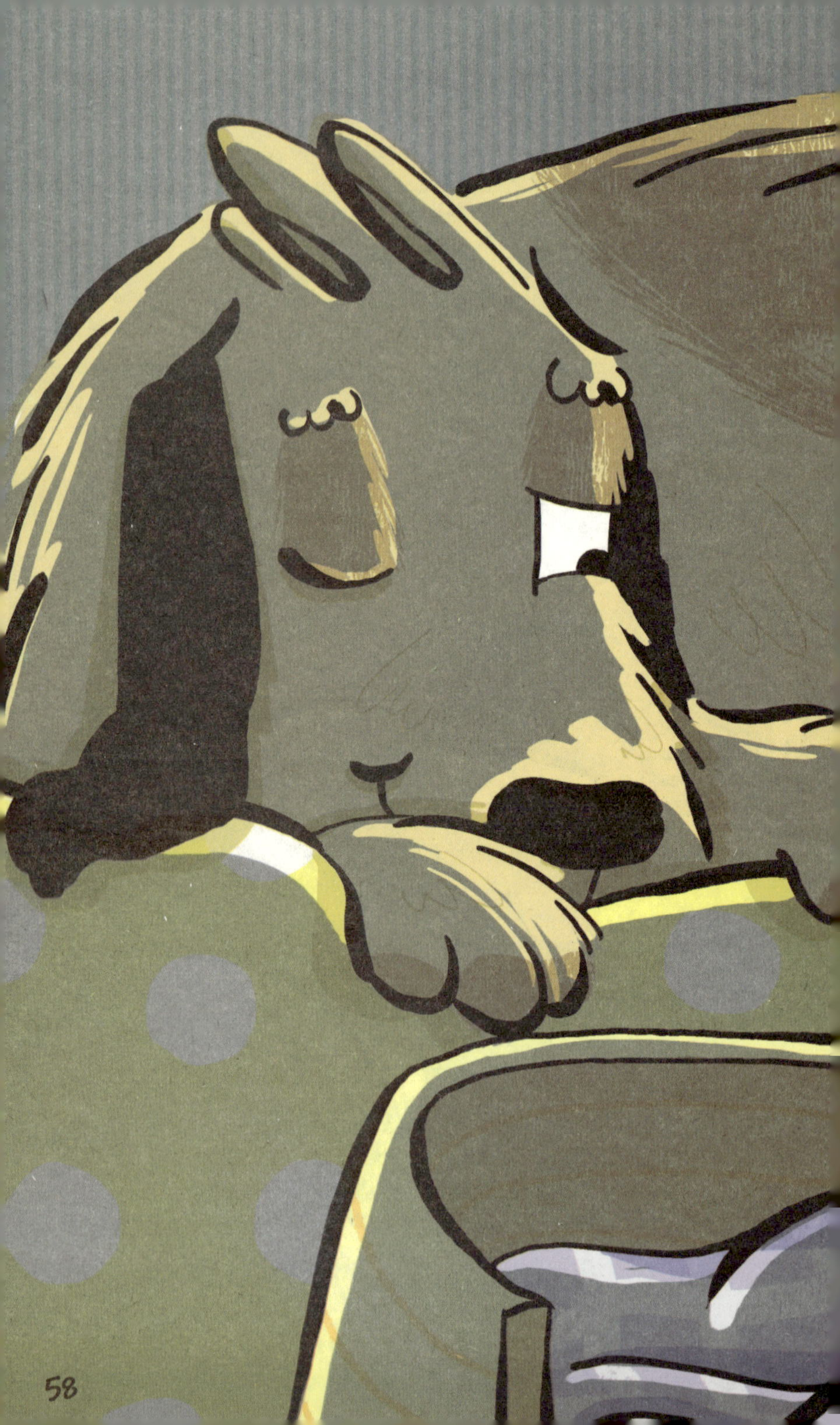

Ele era um bom parceiro de tempestade.

A Gata ia para lá e para cá.

Ela estava em busca de um novo lugar para dormir.

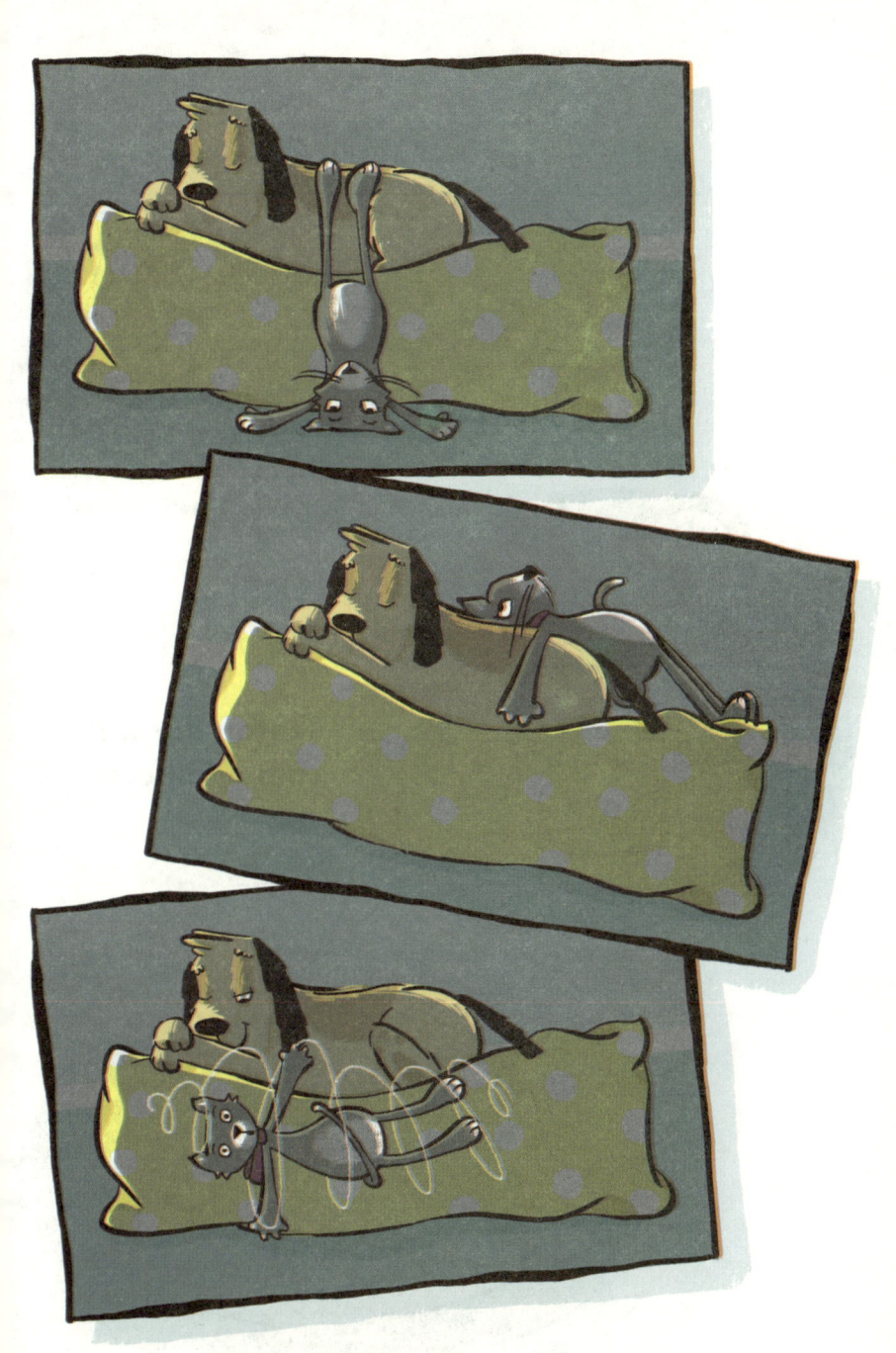

Tentou dormir com Doggo.

Tentou dormir com o Filhote.

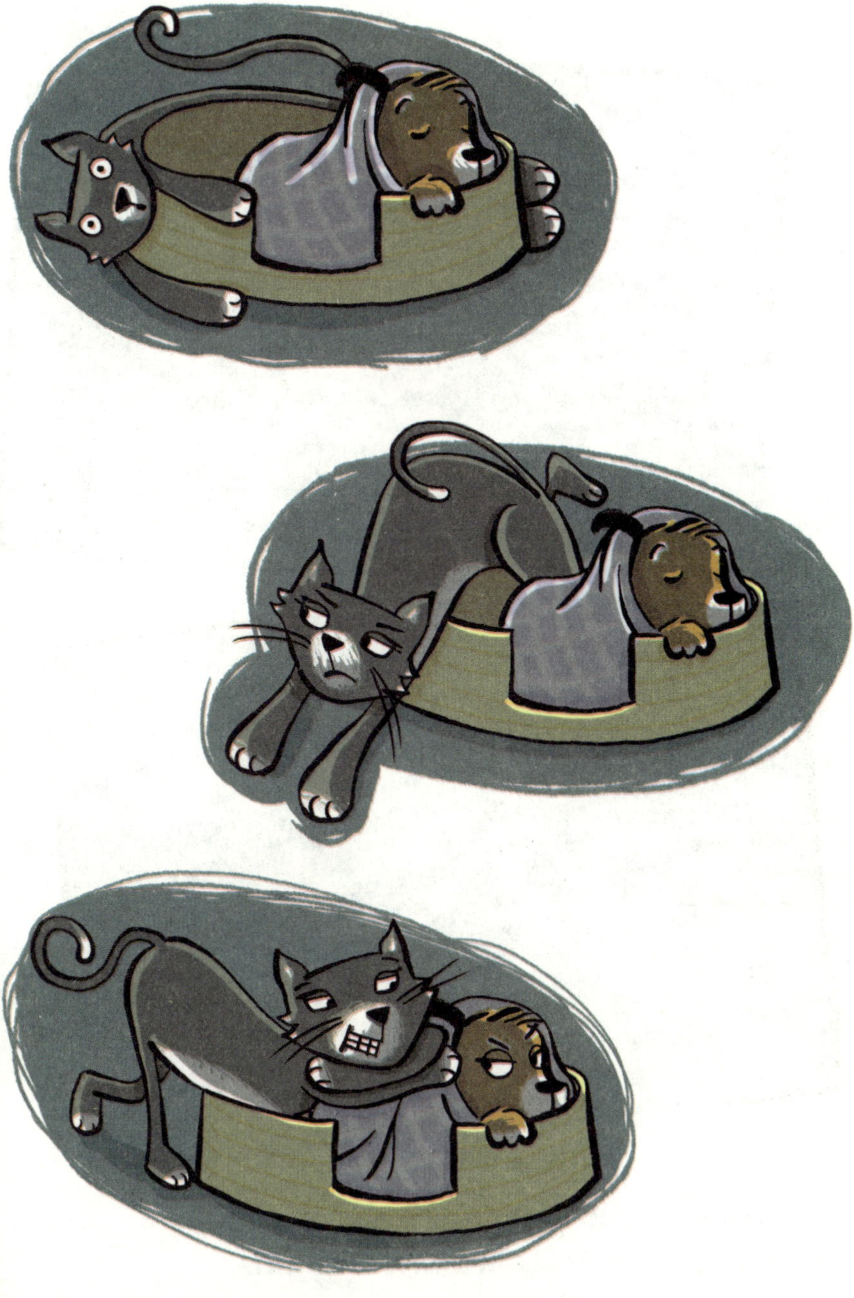

Tentou até dormir com os humanos.

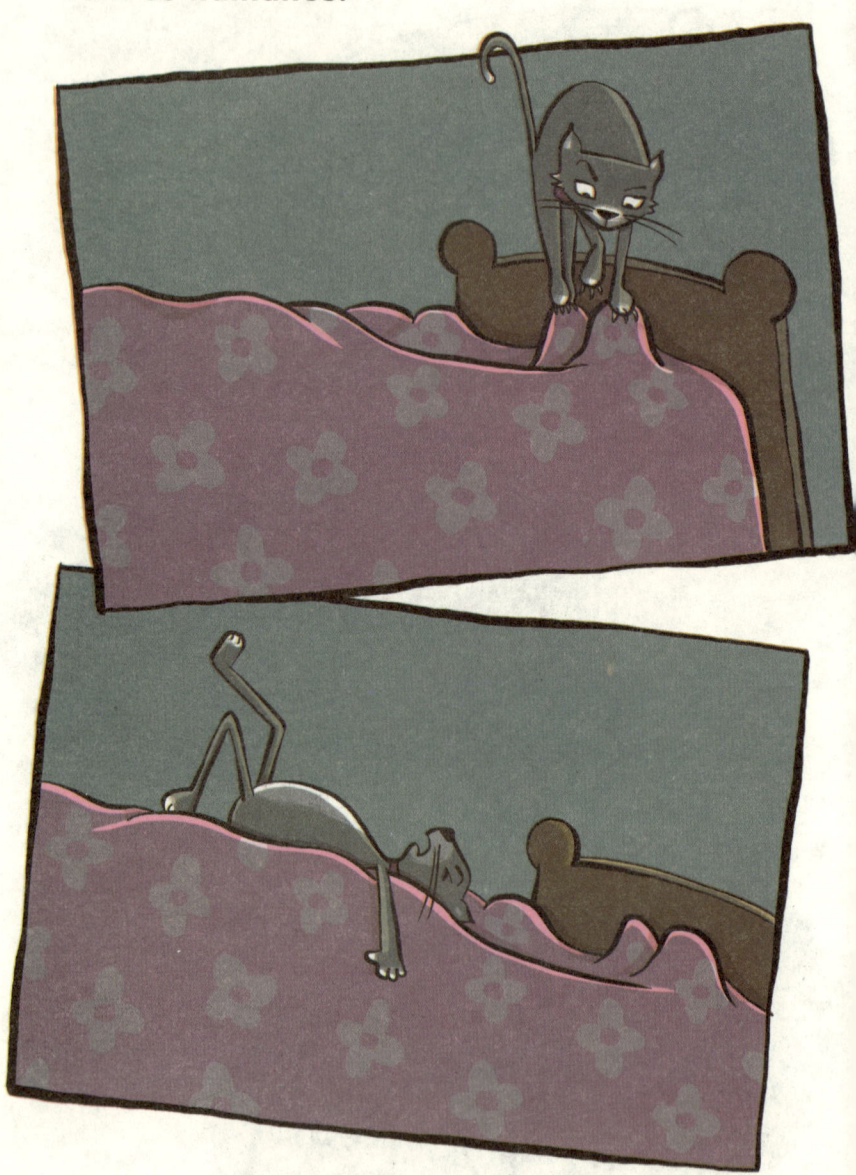

**Mas os pés deles eram duros demais.
A barriga deles era mole demais.**

Surpresa! A cabeça era perfeita.

Que pena que os humanos não concordaram.

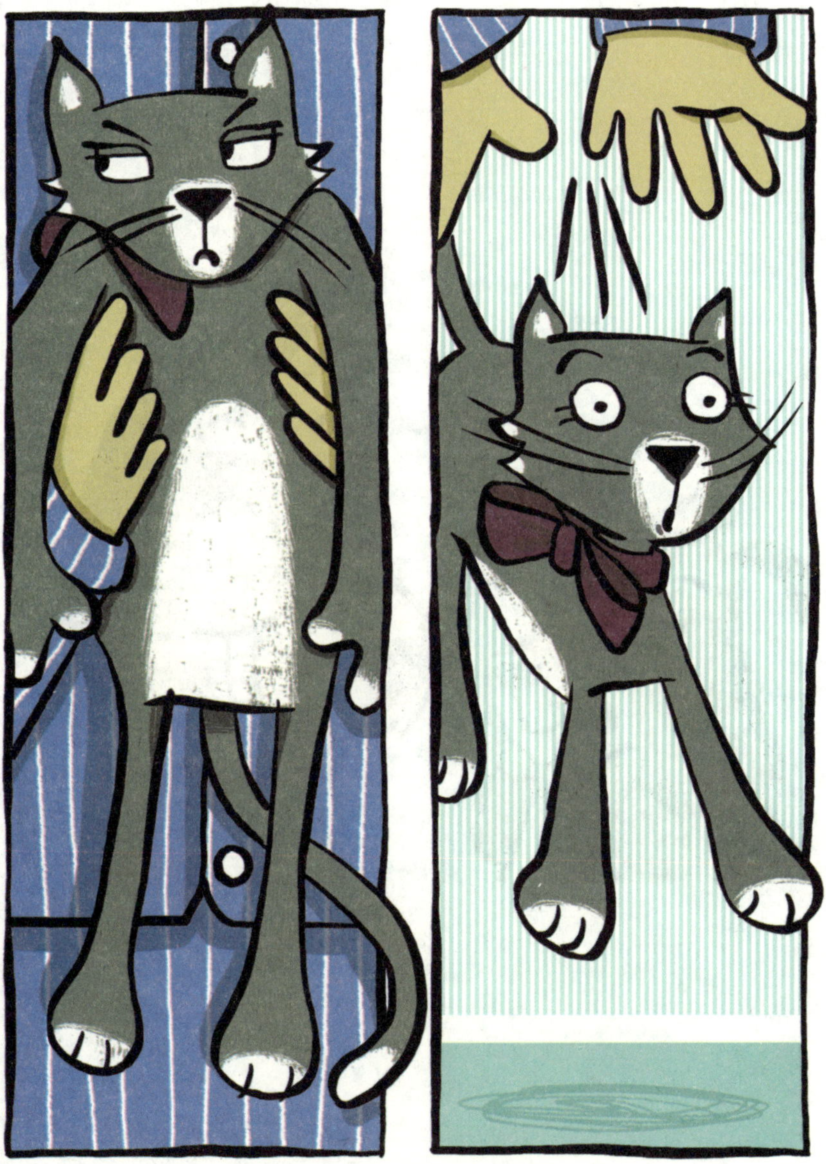

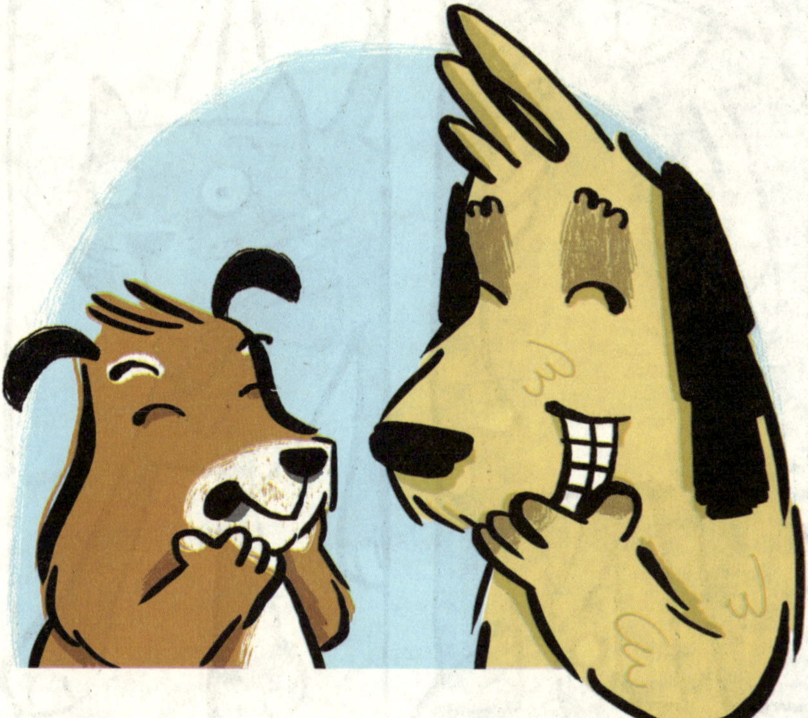

CAPÍTULO SEIS

ENGANANDO OS HUMANOS

A Gata perambulou a noite inteira.

Ela reclamou a noite inteira.

— Eu não dormi nada — disse
Doggo na manhã seguinte.
Ele bocejou.
— Isso porque a Gata não dormiu.

— Precisamos encontrar a cama velha — disse o Filhote.

Eles desceram as escadas.
Não viam a Gata em lugar algum.

Os humanos estavam na cozinha.
— As latas de lixo estão lá fora — disse Doggo.
— Mas os humanos vão se zangar se mexermos nelas.

O Filhote sorriu.
— Vamos ter que enganá-los.

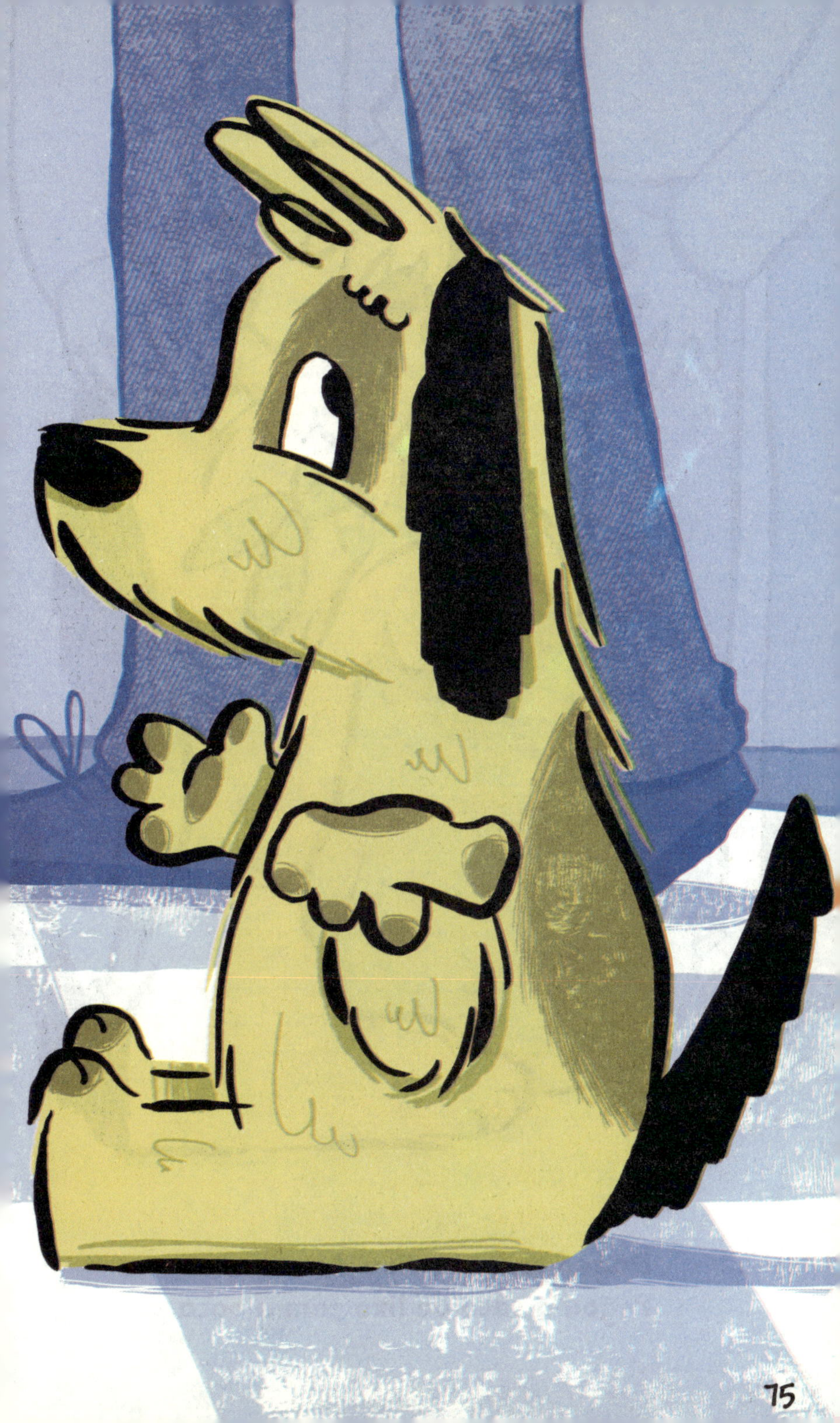

Doggo foi até o lixo da cozinha.
Pegou o saco de lixo com a boca.

Os humanos ficaram felizes por terem um cão tão prestativo.
— Ora, ora — disseram, — detestamos pôr o lixo para fora! Podem ir, mas voltem sem demora.

Doggo e o Filhote puxaram o saco de lixo porta afora.

Lá fora estava tudo molhado.
A grama estava enlameada.
As plantas estavam encharcadas.

**Demoraram um tempão
fuçando nas latas de lixo.**

Até que, enfim, lá estava a cama da Gata!
Naquele momento, o sol apareceu.
— Doggo, olhe! — exclamou o Filhote. —
Um arco-íris!
Doggo sorriu. — Foi uma boa ideia,
Filhote. A Gata vai conseguir
dormir de novo. E nós também.

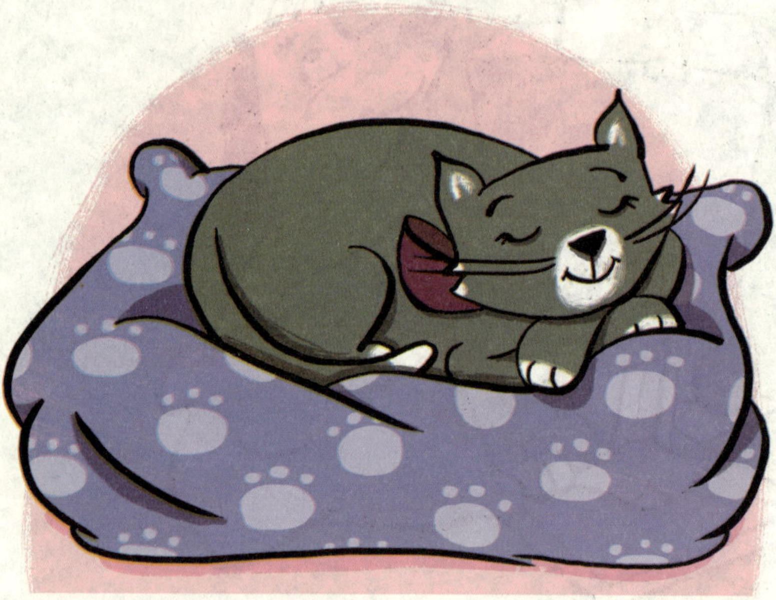

CAPÍTULO SETE

ENCONTRANDO O ACONCHEGO

— Espere até os humanos subirem — disse Doggo. — Aí, vamos trocar as camas.
— E se eles nos virem? — perguntou o Filhote.
— É fácil enganar os humanos — respondeu Doggo.
Eles esperaram até que a barra estivesse limpa.

Doggo e o Filhote carregaram a boa e velha cama até a sala de estar.

A cama estava molhada. E melada. E emporcalhada. Mas era a cama que a Gata queria.

A cama nova e ruim estava sobre uma prateleira.

Estava ao lado da janela. A luz do sol a banhava.

Era quente e reluzente.

Doggo puxou a cama nova.
Alguém berrou.

Era a Gata!
— O que estão fazendo? — gritou ela.
— Eu estava dormindo como um bebê!

— Estava aninhada em uma bolinha. Sonhava com um bolo de atum.

— Encontramos a sua boa e velha cama, Gata! — disse o Filhote.
A Gata olhou.
— Está coberta de restos de comida.
— Mas tem os seus arranhões
— disse Doggo. — E o seu pelo.

A Gata cheirou.
— Está cheirando ao jantar de ontem.
— Mas tem o seu cheiro, também — disse o Filhote. — E tem aconchego.

— Essa cama nova tem aconchego também — disse a Gata.

Ela sorriu para o sol que brilhava.

— Ele só demorou um pouco para aparecer.

A Gata se aninhou em uma bolinha de novo.
— O sol. E uma cama boa nova — disse ela.
— Sou uma gata de sorte. Obrigada, Filhote.
Obrigada, Doggo.

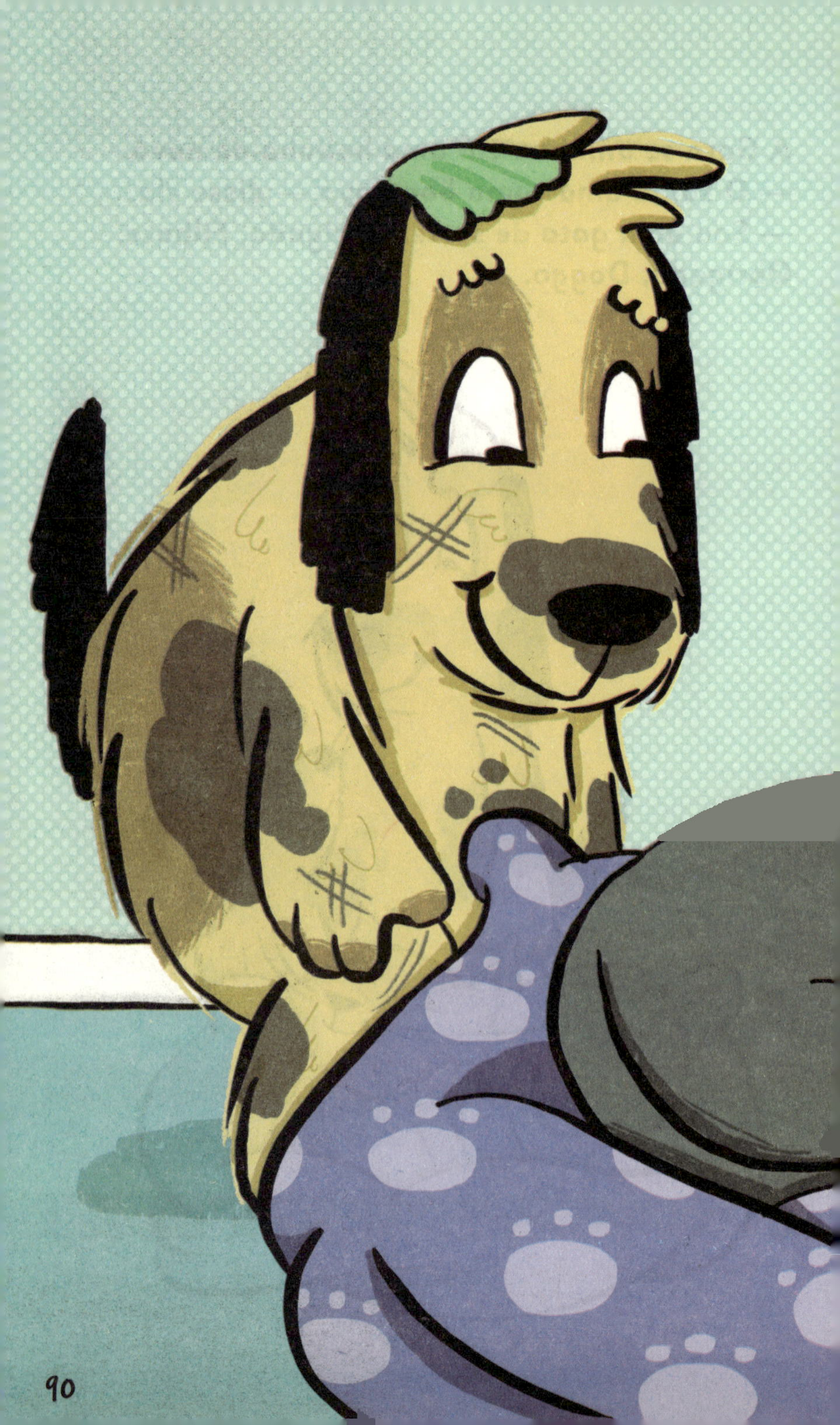

— De nada — disse o Filhote.
— Vocês são bons amigos —
disse a Gata.
Ela fechou os olhos. — Só tem
um problema — disse ela.

— **Qual?** — perguntou Doggo.

— Sinto muito informá-los, mas vocês estão cheirando ao jantar de ontem — disse a Gata. — Talvez até precisem de um banho.

— Oh, oh — disse Doggo.
— Essa não — disse o Filhote.
— Além disso — disse ela, — vocês estão com alface na cabeça.
E então, ela adormeceu.

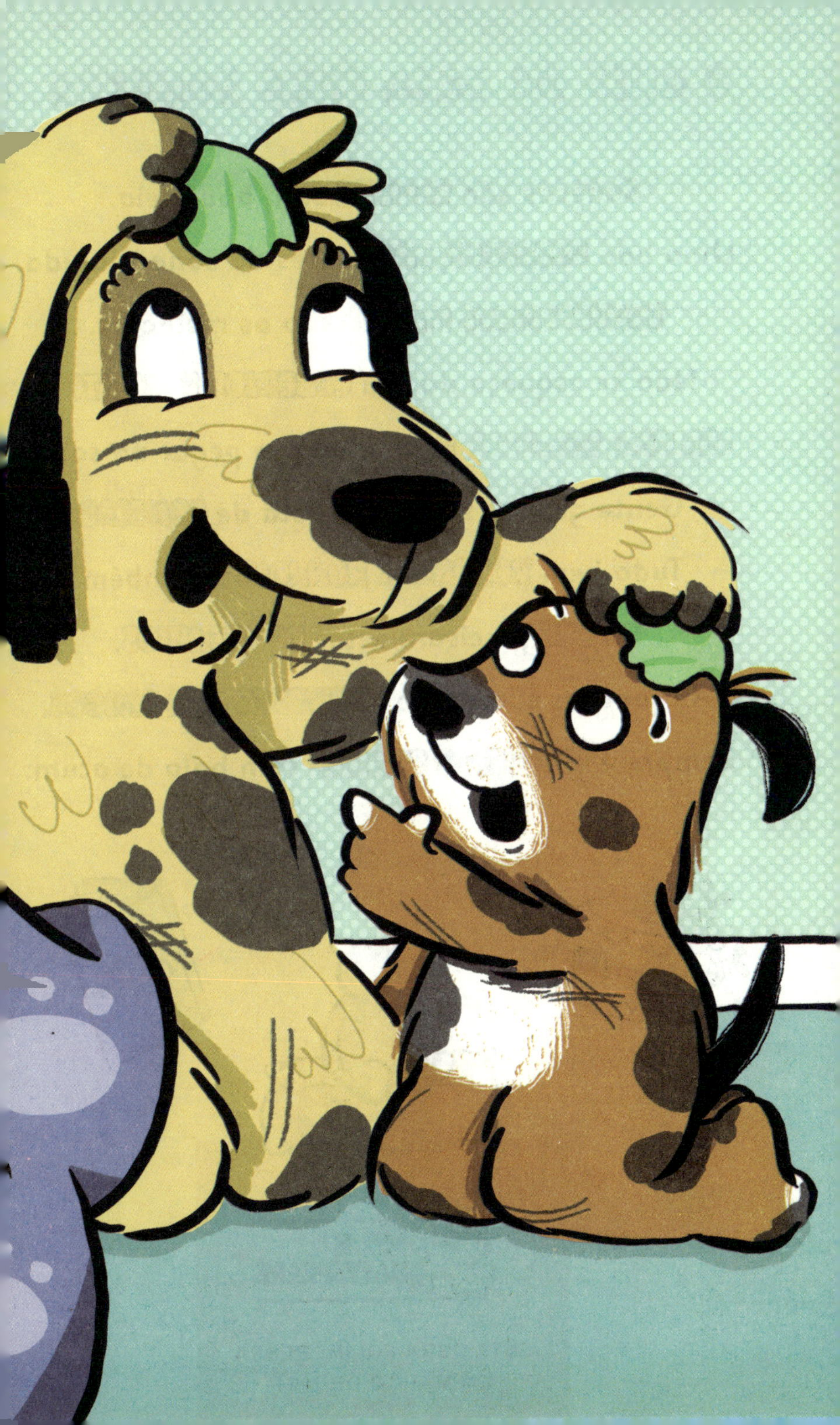

O GUIA DA GATA PARA SONECAS

Sonecas são SEMPRE uma boa ideia.

Uma boa ESPREGUIÇADA antes da soneca ajuda.

TRAVESSEIROS MACIOS são os melhores.

Não se esqueça do seu COBERTOR FAVORITO.

LER UMA HISTÓRIA pode ajudar a pegar no sono.

Gente grande também gosta de SONECAS.

Tudo bem RONCAR. E RONRONAR também.

Os PÉS precisam estar QUENTINHOS.

As sonecas são ainda MELHORES COM AMIGOS.

Sempre é DIVERTIDO SONHAR com bolo de atum.

MILK SHAKESPEARE

ESTA OBRA FOI IMPRESSA EM MARÇO DE 2024